¡ro   s!

Para Tom y Oliver
y Daniel el artista
JL

Traducción de Cristina Aparicio
Armada electrónica de Alexandra Romero Cortina
Diseño cubierta de Julio Vanoy A.
Título original en inglés: SNORE!
de Michael Rosen & Jonathan Langley.
Una publicación de Harper Collins Publishers Ltd. en 1998.
Copyright del texto © Michael Rosen 1998
Copyright de las ilustraciones © Jonathan Langley 1998
Copyright © 1998 para Hispanoamérica por Editorial Norma S.A.
A.A. 53550, Bogotá, Colombia.
Impreso en Colombia por Gráficas de la Sabana Ltda.
Impreso en Colombia — Printed in Colombia
ISBN: 958-04-4646-4

¡ronquidos!

Michael Rosen
Ilustración de Jonathan Langley

GRUPO
EDITORIAL
norma

Barcelona, Bogotá, Buenos Aires, Caracas, Guatemala, Lima, México, Miami,
Panamá, Quito, San José, San Juan, San Salvador, Santiago de Chile

Todo estaba en silencio en la granja.

Perro estaba dormido.

Gato estaba dormido.

Vaca estaba dormida.

Oveja estaba dormida.

Cerdita estaba dormida,

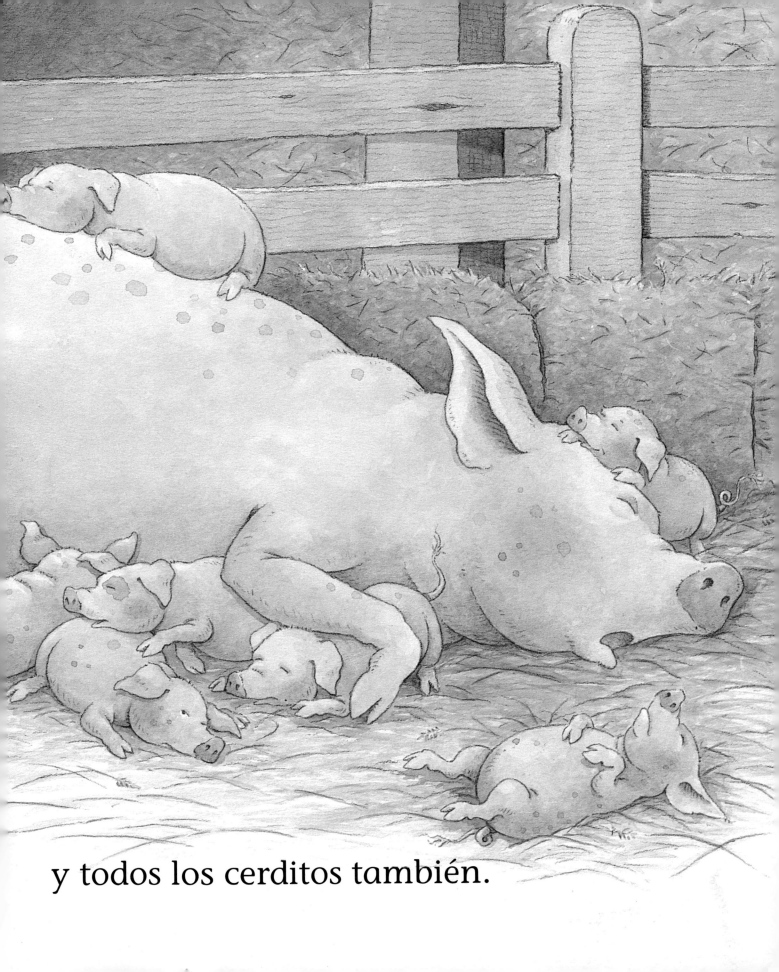

y todos los cerditos también.

Todo estaba en silencio, hasta que...

¡ronquido!

y Gato se despertó.

Vaca se despertó.

Oveja se despertó.

Cerdita se despertó y todos los
cerditos también.

Era tan ruidoso que nadie podía dormir, ni Gato, ni Vaca, ni Oveja, ni Cerdita, ni todos los cerditos.

–¿Qué hacemos para que Perro deje
de roncar? –dijo Gato.

–Ya sé –dijo Vaca, y Vaca se acercó a Perro y ¡**ATCHUUÚ!**, estornudó en la oreja de Perro.

¡ronquido!

–Ya sé –dijo Oveja, y Oveja
se acercó a Perro y
¡BUUU!, gritó en
la oreja de Perro.

¡ronquido!

–Ya sé –dijo Cerdita, y Cerdita se acercó a Perro y **¡JEE JEE!**, gritó en la oreja de Perro. Todos los cerditos también gritaron: **¡JEE, JEE, JEE, JEE!**

¡ronquido!

–Ya sé –dijo Gato–. ¿Por qué no le cantamos?

–Tal vez así deje de roncar y nosotros podemos dormirnos otra vez.

Entonces
Gato hizo
MIAUUU.

¡ronquido!

Y Vaca hizo
MUUU.

¡ronquido!

Y Oveja hizo
BEEE.

¡ronquido!

Y Cerdita hizo **OINC** y todos los cerditos hicieron **OINC, OINC, OINC, OINC.**

Luego, al salir el sol, Gallo se despertó y cantó **Co-co-ro-co coooo**,

y Perro se despertó sobresaltado.

Se fue corriendo por el camino
después de un sueño tranquilo y
reparador.

Pero Gato y Vaca y Oveja y Cerdita y los cerditos estaban tan cansados que se quedaron dormidos.

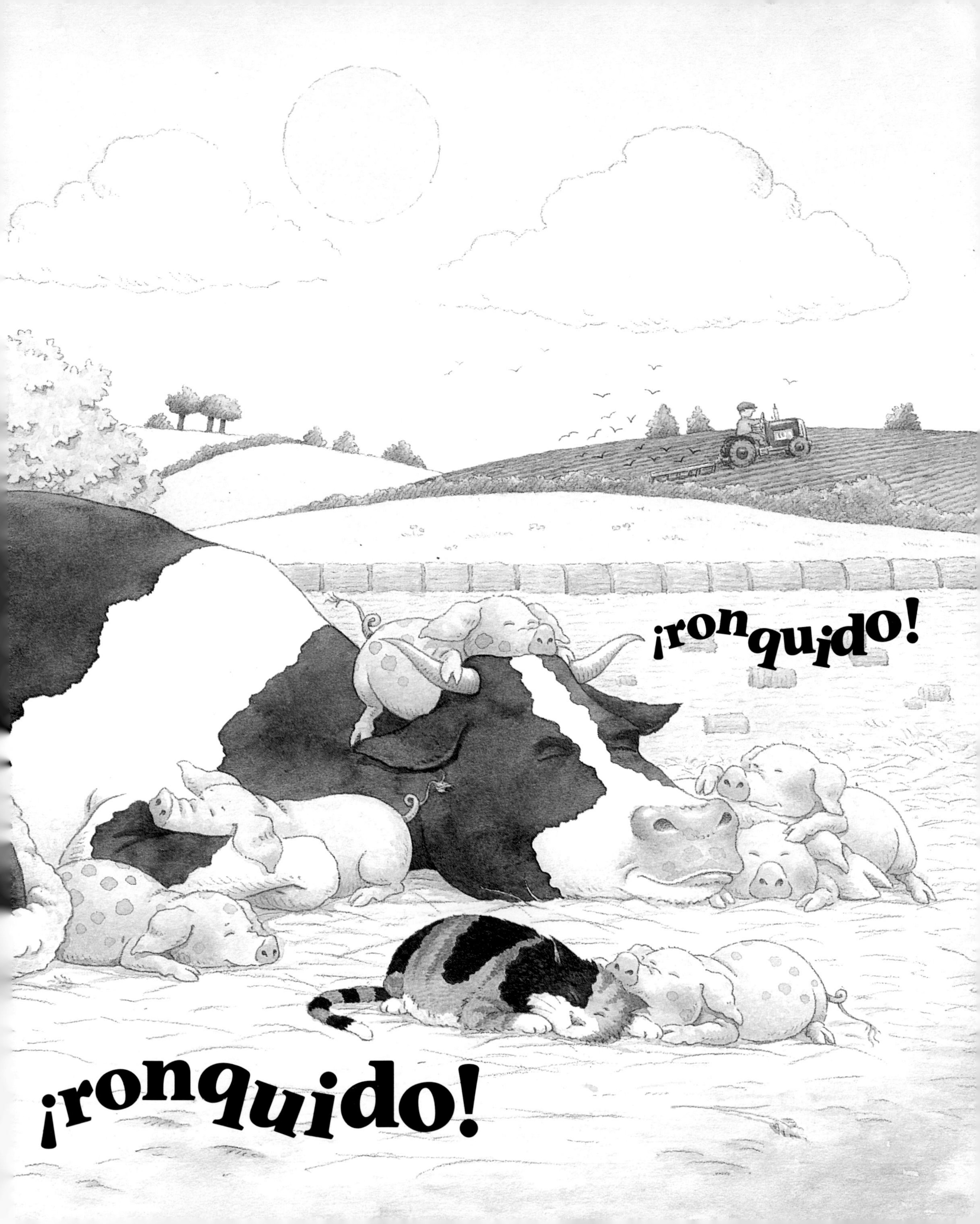

¡ronquido!

¡ronquido!